L'adversaire

FichesdeLecture.com

L'adversaire
(Fiche de lecture)

I. INTRODUCTION

L'adversaire est un roman d'Emmanuel Carrère (1957-) publié en 2000. Cette œuvre raconte l'histoire véridique de Jean Claude Romand et reconstitue le fait divers tragique dont il a été l'auteur en 1993.

Emmanuel Carrère a mené une enquête minutieuse, rencontrant les amis et l'avocat de Jean Claude Romand, suivant son procès et entretenant même une correspondance avec le meurtrier.

Jean Claude Romand a été condamné à perpétuité pour avoir assassiné sa femme, ses enfants et ses parents. Il est actuellement emprisonné au pénitencier de Châteauroux, situé dans le département de l'Indre dans la région Centre, en France.

II. RÉSUMÉ DE L'ŒUVRE

Le 9 janvier 1993, un Français nommé Jean-Claude Romand tue de sang froid sa femme, ses enfants et ses parents. Il se sert d'une arme à feu. Il tente ensuite de se suicider en avalant des barbituriques. Tentative vaine puisqu'ils étaient périmés. Il met le feu à sa maison, mais survit à son massacre. Il est alors amené à comparaître devant la justice. Comment expliquer ce geste inexplicable ? Comment un père de famille modèle, un homme respecté de son entourage a-t-il pu commettre un acte aussi atroce ?

L'enquête révèle bientôt que cet homme n'est pas celui qu'il prétend. Pendant dix-huit ans, Jean-Claude Romand a menti à sa famille et à ses amis en se faisant passer pour un honnête médecin et qui plus est, pour un chercheur de l'Organisation mondiale de la santé dont le siège se situe en Suisse. En réalité, il n'était rien ; il n'avait aucune profession.

Dès son enfance, le mensonge faisait partie de son quotidien. Il savait que mentir était mal, cependant il le faisait uniquement pour ne pas inquiéter ses parents, sa mère ayant une santé fragile. Ce petit garçon était du reste un enfant modèle, intelligent, mais faible, solitaire et peu sociable. Le mensonge est vite devenu pour lui « *l'adversaire* ».

Après avoir réussi son baccalauréat, il décide de se diriger vers des études de médecine. Mais malheureusement, il échoue à un examen de fin d'année. Il cache la vérité à ses parents et déclare avoir réussi. Un seul mot de sa part aurait pu mettre fin à cet énorme mensonge. Mais Jean-Claude ne se raisonne pas ; il met alors une machine en route qu'il ne peut plus arrêter. Il se terre dans son studio et prend près de vingt kilos. Il vit dans la saleté et ne voit plus personne. Un jour, il est découvert par un ami. Jean Claude continue à mentir : il lui déclare qu'il est atteint d'un cancer.

Il parviendra à se réinscrire douze fois en deuxième année de médecine et à feindre d'être un étudiant comme les autres.

Ensuite, il annonce à ses parents qu'il va travailler pour l'OMS à Genève.

Sa fausse maladie (le lymphome) lui permet d'attendrir Florence, une jeune fille qui avait commencé des études de médecine en même temps que lui. Après avoir échoué à l'examen de deuxième année, elle s'est redirigée vers la pharmacie. Florence et Jean-Claude avaient l'habitude de réviser ensemble.

Ils finissent par se marier et ont deux enfants, un garçon et une fille. Jean-Claude continue à être ce qu'il n'est pas. Il est toutefois un père et un mari aimant.

Son métier de chercheur lui permet de prétexter de nombreux voyages, d'être soi-disant invité à donner des cours à l'université, etc.

La double vie de Jean-Claude était parfaitement organisée et plausible. Il faisait attention au moindre détail (carte de visite, documents à son domicile,...). Il avait même pris le soin de dire à sa femme qu'il était injoignable quand il travaillait.

Le temps où il était censé être en voyage, il le passait à étudier le guide touristique du pays dans lequel il devait avoir séjourné ou à regarder la télévision dans une chambre d'hôtel. Il allait même jusqu'à rapporter des cadeaux à ses enfants.

Mais comment faisait-il point de vue financier ? Il a fait croire à sa famille (parents et beaux-parents) que son statut de haut fonctionnaire de l'OMS lui permettait de placer l'argent de sa famille sur des comptes bancaires en Suisse. Que ce soit son oncle, son père ou son beau-père, ils avaient une totale confiance en lui et étaient persuadés que leur placement fructifiait.

Néanmoins, le jour arrive où son beau-père souhaite récupérer une partie de son capital. Comme par hasard, peu de temps après, alors que Jean-Claude est seul avec lui, l'homme fait une chute dans l'escalier et perd la vie. La culpabilité de Jean-Claude n'a jamais été prouvée, mais ce qui est certain c'est que cette mort lui a été bien profitable.

Il arrive encore à escroquer les membres de sa famille d'une autre manière. Ceux-ci lui prêtent en effet des fonds pour ses recherches sur un faux médicament qu'il était soi-disant en train de mettre au point.

Toutefois, après dix-huit ans, certains de ses proches ont commencé à le soupçonner. Ses dépenses étaient sans cesse plus grandes et ses mensonges de plus en plus grotesques. Qui plus est, il ajoute à toutes ses menteries, une relation adultère.

La fin de l'histoire est celle que l'on connaît. Il décide de se débarrasser de tous ses proches, parce qu'il n'aurait pas pu assumer leur regard, la perte de leur estime ou encore parce qu'il ne voulait pas les faire souffrir.

Il a dû répondre d'un quintuple assassinat et comparaître devant la cour d'assises. Il a écopé de la peine à perpétuité, celle-ci ayant été accompagnée d'une période de sûreté de vingt-deux ans. L'avocat général, Jean-Olivier Viout en avait demandé une de trente ans pour « un crime commis en pleine connaissance de cause, pour le mobile le plus sordide, celui de l'argent ».

III. PRÉSENTATION DU PERSONNAGE PRINCIPAL

Jean-Claude Romand

Jean-Claude Romand est un être perturbé psychologiquement. Il est très introverti, parle peu et trouve dans le mensonge un moyen de rassurer son entourage qu'il ne veut surtout pas inquiéter. C'est un être angoissé, anxieux qui finit par s'enfermer dans son mensonge. Celui-ci devient son « adversaire » le plus redoutable : Jean-Claude est incapable de faire machine arrière. Ses mensonges prennent de plus en plus d'ampleur, lui apportent la satisfaction d'être celui qu'il désire tout en se niant lui-même ; ils lui font oublier qui il est réellement et le plongent dans une énorme escroquerie financière. Il se complaira de plus en plus dans sa fonction d'homme à responsabilités et dans sa richesse « usurpée ».

Bien qu'il ait réussi à mentir pendant des dizaines d'années, faisant preuve d'habilité et d'une intelligence assez « machiavélique », il ne pouvait pas rester éternellement en dehors de tous soupçons. D'une situation qu'il pouvait maîtriser, il passe à une situation angoissante ; il craint le regard de ses proches et ne peut se résoudre à assumer ses véritables responsabilités. Il est impossible pour lui de redevenir une personne qu'il a reniée. Il prend donc la décision de tuer sa famille et de se donner la mort ensuite. Ainsi devait s'achever sa vie imaginaire. Toutefois, il est le seul à avoir survécu à son acte de folie.

IV. AXES D'ANALYSE DE L'ŒUVRE

Une affaire bouleversante qui a touché l'auteur

En écrivant ce roman, Emmanuel Carrère s'est certes livré à une reconstitution précise du fait divers, mais il a surtout donné aux lecteurs son interprétation personnelle. L'auteur insiste bien sur le fait qu'il s'agit de son point de vue. Cette œuvre, c'est un regard subjectif sur la double vie d'un homme et sur son acte de folie. C'est aussi une tentative de comprendre un être humain qui a mené une vie factice pendant des années. Emmanuel Carrère souhaite trouver des réponses à ses propres questions : comment peut-on mener une vie qui repose uniquement sur le mensonge ? Quelles étaient les pensées qui trottaient dans sa tête lors de ses innombrables moments de solitude ?

Ce drame a bouleversé l'écrivain comme la plupart des gens. L'auteur fait le choix de mettre sa vie personnelle en parallèle de celle du meurtrier, montrant ainsi à quel point ça le touche en tant qu'être humain :

> « Le matin du samedi 9 janvier 1993, pendant que Jean-Claude Romand tuait sa femme et ses enfants, j'assistais avec les miens à une réunion pédagogique à l'école de Gabriel, notre fils aîné. Il avait cinq ans, l'âge d'Antoine Romand. Nous sommes allés ensuite déjeuner chez mes parents et Romand chez les siens, qu'il a tués après le repas. J'ai passé seul dans mon studio l'après-midi du samedi et le dimanche,

habituellement consacrés à la vie commune, car je terminais un livre auquel je travaillais depuis un an : la biographie du romancier de science-fiction Philip K. Dick. Le dernier chapitre racontait les journées qu'il a passées dans le coma avant de mourir. J'ai fini le mardi soir et le mercredi matin lu le premier article de « Libération » consacré à l'affaire Romand. »

Silence, Mensonge et troubles psychologiques

Des thèmes tels que le silence, le mensonge, l'identité ou le déséquilibre psychologique intéressent particulièrement l'auteur.

Dans le cas de Jean-Claude Romand, ce sont des thèmes qui peuvent largement être développés.

Son incroyable capacité à duper ses proches et à se façonner une vie parfaitement réelle et plausible paraît impensable et difficilement réalisable humainement.

Sa double vie traduit un mal-être général. Jean-Claude Romand avait énormément de difficultés à se sociabiliser. Dès son plus jeune âge, il était introverti et ne se confiait pas à ses parents. Il mentait pour ne pas les inquiéter. Il s'est petit à petit enfermé dans la solitude et coupé du monde. Son problème psychologique n'a pas été détecté assez tôt par son entourage et il s'est aggravé avec les années. Un mensonge en entraînant un autre, il a fini par se créer un univers imaginaire, celui-ci le protégeant du monde réel et lui permettant d'échapper aux frustrations. Jean-Claude s'est tellement isolé dans son propre monde que personne n'aurait pu l'aider.

Une personne mythomane ne s'accepte pas telle qu'elle est. Elle ment dans le but de se faire reconnaître pour quelqu'un qu'elle n'est pas. La mythomanie est une pathologie du narcissisme. Jean-Claude Romand ment uniquement pour lui-même, parce qu'il a besoin d'être une autre personne pour exister. Ainsi, les mensonges coulent de source pour lui et font partie de son quotidien. Ils deviennent même très lucratifs ce qui l'enferme davantage dans son monde.

Jean-Claude, maître usurpateur, savait que s'il était découvert, c'était son monde qui s'écroulait. Lorsqu'il était enfant déjà, il ne voulait pas que ses parents apprennent qu'il avait échoué. Il ne voulait pas les tourmenter ou leur faire de la peine. Il a toujours été persuadé qu'il était seul au monde et que personne ne pourrait jamais le comprendre. Dans cette optique, à deux doigts d'être démasqué, il n'avait plus de raison de vivre.

Ses crimes semblent donc avoir été motivés par la volonté de ne pas faire souffrir ceux qu'il aimait.

Lors de son procès, il a déclaré « vouloir assumer le jugement et le châtiment ». Il a également affirmé que la souffrance causée aux parties civiles « l'habitait nuit et jour ». Il s'est adressé à ses victimes et a demandé à « Flo, Caro, Titou, [à] [s]on papa [et à] [s]a maman » de lui pardonner « d'avoir brisé leurs vies » et « de ne jamais avoir pu dire la vérité ».

Néanmoins, la psychologie de cet « anti-héros » reste très difficile à percer. Les psychiatres qui ont analysé son cas n'ont pas pu lui faire avouer les véritables motifs de ses actes.

Dans la même collection en numérique

Les Misérables
Le messager d'Athènes
Candide
L'Etranger
Rhinocéros
Antigone
Le père Goriot
La Peste
Balzac et la petite tailleuse chinoise
Le Roi Arthur
L'Avare
Pierre et Jean
L'Homme qui a séduit le soleil
Alcools
L'Affaire Caïus
La gloire de mon père
L'Ordinatueur
Le médecin malgré lui
La rivière à l'envers - Tomek
Le Journal d'Anne Frank
Le monde perdu
Le royaume de Kensuké
Un Sac De Billes
Baby-sitter blues
Le fantôme de maître Guillemin
Trois contes
Kamo, l'agence Babel
Le Garçon en pyjama rayé
Les Contemplations

Escadrille 80

Inconnu à cette adresse

La controverse de Valladolid

Les Vilains petits canards

Une partie de campagne

Cahier d'un retour au pays natal

Dora Bruder

L'Enfant et la rivière

Moderato Cantabile

Alice au pays des merveilles

Le faucon déniché

Une vie

Chronique des Indiens Guayaki

Je voudrais que quelqu'un m'attende quelque part

La nuit de Valognes

Œdipe

Disparition Programmée

Education européenne

L'auberge rouge

L'Illiade

Le voyage de Monsieur Perrichon

Lucrèce Borgia

Paul et Virginie

Ursule Mirouët

Discours sur les fondements de l'inégalité

L'adversaire

La petite Fadette

La prochaine fois

Le blé en herbe

Le Mystère de la Chambre Jaune

Les Hauts des Hurlevent

Les perses

Mondo et autres histoires

Vingt mille lieues sous les mers

99 francs

Arria Marcella

Chante Luna

Emile, ou de l'éducation
Histoires extraordinaires
L'homme invisible
La bibliothécaire
La cicatrice
La croix des pauvres
La fille du capitaine
Le Crime de l'Orient-Express
Le Faucon malté
Le hussard sur le toit
Le Livre dont vous êtes la victime
Les cinq écus de Bretagne
No pasarán, le jeu
Quand j'avais cinq ans je m'ai tué
Si tu veux être mon amie
Tristan et Iseult
Une bouteille dans la mer de Gaza
Cent ans de solitude
Contes à l'envers
Contes et nouvelles en vers
Dalva
Jean de Florette
L'homme qui voulait être heureux
L'île mystérieuse
La Dame aux camélias
La petite sirène
La planète des singes
La Religieuse

À propos de la collection

La série FichesdeLecture.com offre des contenus éducatifs aux étudiants et aux professeurs tels que : des résumés, des analyses littéraires, des questionnaires et des commentaires sur la littérature moderne et classique. Nos documents sont prévus comme des compléments à la lecture des œuvres originales et aide les étudiants à comprendre la littérature.

Fondé en 2001, notre site FichesdeLectures.com s'est développé très rapidement et propose désormais plus de 2500 documents directement téléchargeables en ligne, devenant ainsi le premier site d'analyses littéraires en ligne de langue française.

FichesdeLecture est partenaire du Ministère de l'Education du Luxembourg depuis 2009.

Plus d'informations sur www.fichesdelecture.com

ISBN: 978-2-511-02985-5

Notes :

www.ingramcontent.com/pod-product-compliance
Lightning Source LLC
LaVergne TN
LVHW050850200726
843508LV00013B/3021